コンビニに生まれかわってしまっても

西村 曜

新鋭短歌

コンビニに生まれかわってしまっても＊もくじ

I

I

毎日がサタデイ

サブウェイの店長として一生を終える他人がとてもいとしい

レジ打ちの青年ユリ根に戸惑いて何かと思いましたと笑う

ひきこもる俺からもっとも遠い村としてムラサキスポーツはある

百均で迷子になってもこれぜんぶ百円だっておもって走れ

ポケットティッシュ受け取り礼を言われてるこの世がますますわからなくなる

真ん中で割れたハートの絵文字　俺、そんなきれいに壊れられない

シマウマが水玉模様の世界ならたぶんきみとは恋仲だった

暗闇に洗濯乾燥機はまわる俺が働いてもいなくても

大会が終われば無職だと聞いて水球選手に親しみが湧く

上あごに海苔を貼り付け剝がすなどして有意義な土曜日でした

あえか

裸婦越しに目が合いそうであわなくて　画室、空調効いてるのかよ

ひかりという名の子のぞみという名の子「あえかないのり」のあえかという子

あえか、きみの弱さが輝かすコロナビールのビールも瓶も

ワンピース似合ってなかった　似合ってたそれより記憶のなかで明るい

痣のことをきれいと言ってわるかった（よなあ）吐息がもう白い（のかあ）

貼り過ぎて意味を失くしたふせんのよう絵画棟での出来事たちは

帰還兵

蒸しダコの足に包丁入れるときやはり蒸しダコ抵抗はせず

暴動のニュースを消せば暴動は消える僕らの手のひらのうえ

怒りだろう（りだろう）（だろう）（ろう）（う）（）いま本文に打つ言葉なく

僕たちの一人ひとりに付きまとう※個人の感想ですのテロップ

TPPPPAP帰還兵16%PTSD

せりなずなてめえこのやろ息災は遠くフリーズドライの七草

ナイトウォーク

妄想のなかであなたに触れたけど俺の感触しかしなかった

行きずりの恋がしたいと言うひとと俺は人間関係したい

いつだって些細なことを気にしてる　トトロ、おまえは傘返したか

春先の雨はかすかに降りかかる昆布職人養成所にも

ひきこもり人口七十万と聞く夜の角から崩れるとうふ

からあげをクン付けで呼ぶこの夜に孤独まぎらす売り物はなし

持ってません温めません付けません要りませんいいえ泣いていません

あなたのそのえくぼに小指入れられる仲になるためまずは働く

ぬばたまの夜雨に滲むコンビニのコンビニ店員込みの光よ

たいへんだ心の支えにした棒が心に深く突き刺さってる

たとえばボンベイ・サファイアの小瓶

無能さがうれしくなってくる朝のサッポロ一番みそラーメンだ

向き合わねばならぬ痛みと知りながら逃げるかたちの玄関の靴

春の日にな泣きそなせそ中退をした高校のノート捨てても

生きろって釘宮理恵の声で言え　そしたら言われなくても生きる

まだ俺はやれると俺を騙しつつ陰雨のなかで続く生活

ピクニックって想像上の生き物だそれにはあなたがいたりしていて

痩せてゆくことしかできぬ石鹸を痩せた体のくぼみにあてる

「もしもし」とあなたが言って俺はその「もしも」の音に慄いていた

母親に自慰を見られていたこともめぐりめぐっていま桜ばな

やがてすべてを失う　だから酒瓶のきれいなものは捨てないでおく

初夏のバラ園

無人駅だがおじさんが一人いて切符の買い方教えてくれる

バラ園にバラ石鹸の香の満ちて世界はなんて深い浴槽

花占いアプリをめっちゃタップして花毟ってるきみがこわいな

ふあんって響きだけなら飛べそうね白いコンビニ袋みたいね

かんぜんにイントネーション「水死体」だったよいまの「恋したい」って

カメラアプリのへんなフィルター越しじゃないきみの目で見た五月が見たい

ねえヒザと十回言ってと言うきみも従うだけのおれもずぶ濡れ

「smile の綴りはスミレとおぼえてた」どうりでそんなふうに微笑む

問いと誤字

せんたくき。下から読んでもなにもなく日々とはそんなもの。せんたくき。

TシャツがQの字になり転げ出る夏のはじめのコインランドリー

道行けばツバメの影に二度轢かれ俺をなんだとおもってるんだ

都会風サラダなんかを売っている時点で田舎　俺の住む街
すぐ横になっちゃうダメな俺だから部屋の中でもよそ行きを着る
完璧な鎖骨だったなハンガーの一つも掛けたくなるくらいの

とりたてて恐れるものもない日々に戦争映画ばかり観ている

きみのこともっとしにたい　青空の青そのものが神さまの誤字

電線の罫線を行く飛行機をつまんできみにあげる　ハレルヤ!

Twitter　ここの滑走路は

真夜中のタイムラインは飛行機の墓場にも似て砂埃立つ

死にたいとつぶやいたこと知ってるよ赤いダリアの咲くアイコンで

この国のどこかで光るスマートフォンきみの画面は割れていたよな

かんたんに死ぬと言うなとかんたんに言うな夜中の雨は見えない

ご、しち、と二句で途切れた歌みたく深夜の雨はそそいで止んだ

下句を待つようにして朝を待つ　まばたきだけを重ねて僕ら

「いたみってすごい空港名だよね」それはしずかに発着をする
幾億の言葉の離陸 Twitter ここの滑走路はすこし短い
生きてます ますか いましょう 朝焼けを告ぐツイートに♡を付ける

死にたい、はいつか詩になる飛行機は飛行機雲を空においてく

背景

「はいけい」を「背景」とおもってた頃のことを書きます。背景　夏です。

十二歳　ヒポポタマスとホスピスを脳のおんなじ箱に入れてた

十一歳　プラネタリウムはなにをするところか知らなかったが（キスだ）

一輪車、逆上がり、キス、七の段　やればできたといまでもおもう

塾帰りらしき少年遠い目でちゃいなマーブルレジに投げ置く

跳び箱を跳んだつもりが跳び箱に座ってそのまま大人になって

独り身のバイト帰りの自転車の俺を花火がどぱぱと笑う

しゃくしゃくと食むかき氷しゅくしゅくとニュースは告げる死傷者数を

願いとはそれでもきみがあきらめず折ったつばさのよれている鶴

水道代電気ガス代君が代が流れるなかで付ける家計簿

求人の「三十歳まで」の文字がおのれの寿命のようにも読める

花降り

はじめてのいのりのようにうまく手を組めないまんま二人歩いた

愛すれば花降ることもあるだろうこの曇天の四条大宮

グリンピースきれいに避ける　逃げろって言われて逃げた子どもの末路

こしあんパンほどに優しいひとだからかばんの底でつぶれてしまう

生きていてほしいとおもう温《ぬく》まったポカリを涙と区別できない

一瞬の　その一瞬の、一陣の、風のせなかを押して吹く風

そばにいて。バールのようなものがいまバールに変わるからいまそばに

靴下を履いて寝るのはよくないと教えてそれがさよならになる

だったんだだったんだと行く鈍行で俺はあなたがすきだったんだ

カフェとレ

ドは「どっか変わったひとで、あっ、いじめられてたとかじゃないスけど」のド

被害者へ投げつけられる書き込みの「被害者ぶる」の「ぶる」はなに　犬？

コンビニにおでん始まり死ぬときに死だと自覚ができますように

玉入れの〈入れ〉を支えてくれたひと背なにあたまに玉を浴びつつ

長針が4を指すたびその影も4を指すのを知らないでしょう

現金は一文字変えたら現実で二文字変えたらそれはもう紫蘇

醤油差し。醤油差す。醤油差すとき。醤油差せば。醤油差せ。させ。

「失くした」とググればみんな失くしててあわててきみの肩をつかんだ

とこしえ、とふいに聞こえてとこしえのほうへ目をやる雑踏の中

僕たちは別個でいようカフェオレのカフェとレ容赦なく混ざっても

下から数えたほうが早い

ほんとうに死ぬのだろうか生きている僕のまぶたがしまう眼球

騙されたとおもっていっぺん騙されて新潮文庫の紐は甘いよ

あら、これは曲がるストロー間違えた道を歩んであなたと会った

職安はデート向きではないかもね二人が並ぶ別の窓口

信じたいゆえに疑うほかはなく誤植まみれのテキスト　ふうん

目隠しの両手にあたためられている両目泣いたら勝ちなんだけど

生き方と言えばそれまで　キャラメルの包みをたたむ指を見つめた

一覧の下から名前を探してく下から数えたほうが早くて

涙・イン・リンス・イン・シャンプー・イン・手のひら　じゃあねまた会えるから

大阪メトロ回数カード

ふーせんガムふーせんにして部分的少年となる御堂筋線

「一ポンデあげる」ときみがちぎってるポン・デ・リングのたまの一つぶ

木曜の昼のミスドは善人しかいないよだってドーナツ甘い

初心者は若葉だなんてこの国は詩の国だよね、そこを左折ね

人間が呼び出すまでは野良としてどの階にいるのかエレベーター

ねえ〈ムーミンごっこ〉をしよう雨の午後二人はだかになるだけでいい

二人して死ねたらいいが落ちている軍手はいつも片方だけだ

テロ等の〈等〉に僕らは含まれる雨に打たれてキスをしたから

僕たちに次回予告はあるのかな観覧車ただ傾いてゆく

キッチンから外へ

俺が俺に優しくなくてどうするの真冬の米はぬるま湯で研ぐ

こんな夜はココアに砂糖を入れてやる　いまに見ていろ、苦しんでやる

俺なくば出会わなかったものとして三角コーナーのイカとねぎ

もしもし、をほしぼし、と言いかえて夜知り得る限りの孤独へコール

光。もしくは世界の果てのキッチンの野菜スープとしてきみはある

絞めやすき首をもつこと可笑しくてZOZOで届いたマフラーを巻く

まぼろしの〈げっきょく〉駐車場にまだ俺の自転車停まってる　乗って

Googleが乗換時間と乗換を繋いで描いた星座で行くよ

コンビニに生まれかわってしまってもクセ毛で俺と気づいてほしい

ホットケーキの日

起きておきて、 ホットケーキの日だよって朝の光がもう膨れてる

せいしゃいんとうようレモンはいつまでもカップに浮いて渋くなっちゃう

一億総活躍社会のかたすみで二人静養生活しよう

でも俺はグリーンがいいな、戦隊の。仕事はするが定時で帰る

夕立ちの味がするってきみは言う　異国からきたミネラルウォーター

く、と蛇口しめる音してああきみがさみしいことに気づいてしまう

ホットケーキ二枚重ねて一人より二人がいいと辞書もいってる

「花束」の手話がわからず思いきり抱きしめてみる　たぶん合ってる

くじらぐも

「にんじん」と言ってあわてて「しりしり」と続けてくれる春のしりとり

「あの夏」がきみとぼくとで嚙み合わずソーダぶくぶくストローで吹く

ひまわる、となぞの動詞を生み出してきみとひまわり見に行ったよな

暗がりで触れ合うきみのくるぶしを秋の果実とおもったことも

どっちでもいいよどれだけちがってもいいよ左折で右へ曲がろう

玉ねぎの多い焼肉弁当に怒ってこその青年だから

早春のレモン石鹸弄ぶ手の静脈のやたら浮き出て

レールから逸れてしまった人生も歩けば空にほら、くじらぐも

II

一人でできる

ようやっと花だと気づく書き置きの父の手紙の赤いもこもこ

たまらなく俺を許してやりたくて煮しめの昆布をほどいてやった

父の靴踏みつけ俺の靴を取る謝りたいのは楽になるから

何言ってんだクソがと言われクソにやるサッポロポテトはねえぞと言われ

一生涯変わらぬだろう父親のメールアドレスsetubika の文字

諍いの父と俺とに挟まれて母はじっくり広告を読む

「いつまでも実家暮らしはアレだし」と言う俺自身わからないアレ

リモコンと鳩サブレーとナイロンの紐の絡まる居間は絵になる

水色のポスターカラーは粉と化し舞ったた　しまった、これは感情

はじめての共同作業俺たちが水洗トイレに流した金魚

いつぞやの俺も忘れた賞状が暗い廊下に飾られている

絵で食っていくとしぶしぶ刺し箸で里芋を食いながら言った日

伸びきった輪ゴムみたいな青春だいっそぷちんと切れるのを待つ

友がみなえらく見えればいいのだが行方知れずの春の数人

いまさらの焼き芋売りの背を追ってあの日の俺を止めに行きたい

古本の三好達治の書き込みの破線は先へ行くほど乱れる

そのむかし詩で新聞に載ったこと明かす父おや懺悔のように

どの生も死オチであれば夢オチを貶すレビューは役に立たない

珍しいからな、と父が言い訳をしたのちくれる二千円札
ほんとうに好きにやったら怒るのにあなたは好きにしろとだけ言う
半額のおいなりさんを選んでいる父が背中に負っているもの

でっていう。肩書きのない肩だからあなたにすこし貸したりできる

味のないガム吐き捨てる誠実を。味のするガム捨てる勇気を。

生きていく　求人サイトの検索に「一人でできる」とまず打ち込んで

この雨は花をだめにする謝れば許してくれるひととだめになる

僕はおにぎりが食べたい

なにもかも足りない初夏の夕食の塩分としてプリッツを摂る

【問】あきらさんは毎時八二〇円稼ぎます。あきらさんはどこまで行けますか。

物事は在るように成り街かどの千円カットは千円の出来

コンビニが逆に売り出す塩むすび僕はふつうに選ばなかった

じいさんは「研修中」とある胸に昭和うまれの心臓をもつ

おにぎりが食べたかったと死んだひとそのおそらくは具なしのおにぎり

カワハギは皮を剝がれる前提の名前であればだいきらい、ひと

美しくラップを張れる特技などTwitterにはありふれていて

労働に励むあなたのまだ僕が見たことのない濃いアイシャドウ

遠いひとなんだろうなあ罰金のようにかさんでいく通話料

元号は「賞味期限」に変えるべき僕らの飢えの明日をおもえば

カロリーをメロンパンにて摂取する日々の窓辺に小鳥でも来い

いつもなら左へと行く道今日は右へ進める愛《は》しき休日

孵化をするはずはなくても僕よりも若い硬貨を手にあたためる

若者の車離れを言うのなら離れ離れを腐してほしい

ときおりは触れ合う手と手　繋いだらなんて名の付く僕たちだろう

会釈してそののち僕を殺すから未来とは目を合わせないんだ

売店のサンドイッチの三角のこの片割れはどこへいったか

死ぬまえになにが食べたい？　おにぎりと言おうとしたら海が開けて

water

おとうとのあとに検索開いたら「水を恐れる前世」の履歴
「砂糖　一つまみ」とあればつまむ指こうでいいかと彼は何度も
い・ろ・は・すに色はないのに味のする　これは梨味　余計なことを

かんぺきな居留守を使うおとうとに習う季節のやり過ごし方

僕たちはだめだからね、と括られてわたしもだめになっていく桃

僕たちの題名《タイトル》として『働かないふたり』というコミックを見つける

カーテンを引き遠雷を　いや、これは僕ら二人を隠す母親

シンプル・イズ・ベストかつ餓死・イズ・シンプル　つまり僕らは天国へ行く

暗がりにねぎがみどりを取り戻す幻視のすえのカップラーメン

年下の犯罪者らを見るにつけ胸によぎれる深海魚（とは？）

二人ならできることってあるでしょう。たとえば喧嘩、それから喧嘩

一念発起いちねんほっきと唱えつつ「ほっき」で体を起こす腹筋

おとうとの恋を知らない　このばかはスイカの白いとこまで食べて

おとうとを何も知らない　このばかはスイカの赤い先っぽをくれる

「顔洗うときにおもうよ、　なぜ僕が水に溶けたりしないのかって」

ほんとうは泣きたいだろうおとうとが鮭フレークをご飯に降らす

もぎりならきみにもできる盛り上がるふしくれ淫らな利き手だからね

おとうとは電話に出られるようになりそれはちいさな存在証明

いっしょには生きられなくて幾度でもきみの手のひらにw-a-t-e-rと書く

おとうとよ「一口大に切る」ときは信じろきみの大きな口を

そしてわたしは駆け出していた。秋晴れにニットの脇の色を濃くして

い・ろ・は・すに色はないのに味のする　これは梨味　そういうものと

Ⅲ

言わない

レモンパイ選ぶ手つきがもう夏で、　わたし女のひとの手してる

あんパンに臍が　わたしを生み出したひとに謝罪をまだされていない

恋人が最近できた友人のうなじ　日焼け止めの味する

坂道に来れば駆け出す子どもらの一人ひとりの耳もとに風

すきな子は「いない」ではなく「言わない」という少年の切れた口角

前側に付いたショーツのリボン見て馬鹿にするなとなぜだかおもう

山田くん、わたしのぜんぶ持ってって昨日の夜の自己嫌悪とか

間違えて出したリンスで陰毛を洗うときこう、こう、こう、こう、何？

ううういいうういと酔ってるだれもかもわたしの死とは関係がない

悲しさと寂しさを見分けられなくて（そのどちらにもあなたがいます）

駅前の喫茶店

ひとがみな小さなかばん持つことのふいにかなしく駅前にいる

角砂糖入れる指先震えてるそんなあなたもひとを抱くのか

つかめたら埃とわかるきらきらをきらきらのまま見送っている

はなたば、がすべてあ音であることがうれしいと言うあなた、もあ音

不思議なの、世界がお墓でいっぱいにならないことが。無理をしてるの？

マトリョーシカ、リョーシカ、リョシカ。だんだんと内緒話のように小さく

いつまでも名字で呼んでいつまでも光がうすく漏れているドア

三センチグラスに残ったコーヒーであと三時間あなたといたい

ぷっときてくくくと降ってあー可笑しかったとあがる初夏の雨

象ならば象のかたちになるものを

サンダルをおろす　五月の曇天におもう名前はあるが言わない

だらしないノックのようだ真昼間に片手で母の肩を叩けば

愚かしさの「ろかしさ」あたりが美しい　ロクシタンとか買ったことない

わたしにも性欲くらいあるということもミンチを捏ねて忘れる

ごめんなにうんと答えるそれだけの父と娘の食卓の傷

シリアルはぶよぶよがすき　年上の女に年増と呼ばれたりして

受付の乾いた事務用海綿にいつかスミノフ飲ませてあげる

「欠席」を丸で囲むと消えていく明日のわたしの小さな椅子は

処理のあまい脇毛を隠し歩むとき世界とわたし共犯だった

人肌の匂いのすれば味もすることに気づいた／気づいて／気づけ

眠りいる母の隣ですこしだけ性器に触れる　わたしはここだ

象ならば象のかたちになるものを女のかたちに雨は歪んだ

許されてあなたの腕に眠りたい年金納付猶予の果てに

アガパンサス　やがてわたしにさすだろう魔が楽しみで仕方がないの

星野源「恋」のリピート再生を聴きつつ母の肩を叩いて

嘘吐きは始まりだから来たる朝あおい造花で髪を飾ろう

喪う女

ダイレクトメールの宛名に誤字がありこういうものにわたしは揺らぐ

玉ねぎを剝ぐと現る一まわり小さな玉ねぎおまえはだれだ

揚げたての茄子天置けば新聞のお悔やみ欄は灰を濃くする

もう女子じゃないぞと言われた日の夜のチョーヤとろける黒糖梅酒

指示待ちと揶揄されようとセロテープだけは切りたい長さで切れる

「死にたい」で検索すれば出る相談窓口「死ぬ」では出てこなくなる

ミサイルのボタン押すのもこんなかな戯れに押す出目金の腹

傷ついた桃の傷から食べている父の両手に光したたる

駐車場一面の闇かき分けて母と遠くの花火を見た夜

まず自分を愛さなくちゃだなんて言うひとの睫毛の長さはなんだ

「脱喪」って検索窓に入れたけどそこから先は　あわや月光

掃除機を引いていこうか夏野までどこまでもどこまでも独りで

半チャーハンセット

みつ豆の寒天ほどのひとだった。　さいきんはすき、　あの寒天が。

te・n・shi ってアドレス帳を探ってる　たぶんあなたのことではないよ

「のぶひろ」の変換候補を覗いたら三十五種ののぶひろがいる

ラーメンに半チャーハンを付けたときバイアマーレに吹き渡る風

ごめんねと何度も言おう晩夏《おそなつ》のひたいをチーズスフレに埋めて

昼特きっぷ　大阪・往復

昨日までさん付けだったひとが今日容疑者になる柿は剝かれる

加害者になる心配はいらないの？（いらないの）薔薇に突っ込んだ指

納税の義務を蹴散らし会いに行くときの切符が右手に湿る

交際と呼べば可笑しいひたすらに梅田を迷うだけの二人だ

この街のエキストラだと自覚してすこし背すじを伸ばして歩く

友人と同じ名字の容疑者の「むしゃくしゃした」を聞くゆうまぐれ

小籠包冷まして食べるわたしにはこの世の楽しみ方、わからない
さんぐりあきれいなものは死んだってきれいなまんまだねサングリア
遠足の前夜のように犯人が結束バンドを用意した日は

適切なキスの長さがわからずにほへとちりぬるあたりで止めた

恋人が人混みという巨獣へと化す瞬間を見た。振り向いて

側溝に落とした涙が惜しくなり立ち尽くしてもここは大阪

んめ

コピー機をコピーにかける夢をみて覚めれば外はいちめんの雪

セーターの二つの袖がくるしくて一つの首のさらにくるしくて

いまここにあるものだけでしりとりを。さむさ、さみしさ、さまんさたばさ

新雪の第一歩目を運命の「んめ」のつよさを担いきれない

足あとに足を差し入れ歩みゆく積雪の日の狭き歩道に

ことこととぃうかじくじく　傷口のうずく音たて紅玉を煮る

腐敗したわたしの心のやわらかさなぜかあなたはやさしさと呼ぶ

「へ」の文字はおもいの重さに傾いてそこから一字も書けない手紙

玉子焼き一層二層重ねてく嘘は吐いたら最後こうなる

おいしくてつよくなれると頰張ったビスコが甘い　やさしくなりたい

回らないほう／回るほう

「いっしょうのおねがい」を言う　九歳が　十三歳が　五十二歳が

ああこいつひとを犯してきたのかもしれないコンビニ袋をさげて

青年が「ダブチ」と略すくちびるの生まれなかった「ル」「ーズ」「バーガー」

会いたいが会いたかったに変わる夜のへんなところで曲げたストロー

この街であなたに抱かれているときもファミマの入店音はしている

後悔は別にしてない出し過ぎたハンドクリームひじまで塗って

だいすしなあなたにすきを奢りますちなみに回るほうのすきです

終電の車窓の向こう（うああう）とあなたの口の動く（空爆？）

戦争と平和、ときどきチョコレート　人類史にはたったそれだけ

愛ある暮らし

つけられた跡をわざわざ「痕」と書くことがわたしのきみへのすべて

カステラに沈める指の深さほど目で見えたならこの憎しみが

「愛憎劇」ってけっきょくなんの触れ込みにもなっていなくて買わなかったよ

暮らすとき暮れてゆく部屋ここへきて抱《だ》き合わないやつがあるかよ

逆立ちのトマトケチャップ、マヨネーズ　わたしはきみと暮らしてみたい

サボテンを枯らすわたしと腐らせたきみにも飼える夢がほしくて

ブラジャーに膨らみ二つ　かなしみは二倍になるよ、二人でいると

もう二度と生まれてこないわたしたち製氷皿に張り詰める水

だってそれ習わなかった　これからも歯ブラシだけはふつうを選ぶ

すこしだけつよく噛んでもすこしだけつよく伝わるわけでない愛

「えんえん」を「えいえん」と言うひとなのでえいえん話すベッドで床で

ああきみはなぜ持っているあのときの高いホテルの備品の聖書

人偏に夢で儚くなるならば添えてあげますこの獣偏

いましがた期限の切れた牛乳を（こわくないよと）二人で飲めば

ありがとうきみがうまれた部屋部屋がうまれた街街がうまれた部屋

××前夜

「すきです」のその先のない告白を詩の一行として聞いていた

ひとの絵馬を読んでまわった盗癖と書いてあったねその一枚は

レプリカの土偶のまえでキスをしたことを（レプリカ）おぼえているわ

どの逢瀬どの逢瀬にも水筒がからから揺れて恥ずかしかった

非正規とバイトの恋は非正規がバイトのぶんを多く支払う

「死死死死死死死死死死死死……」の二十八文字目の「死」にて読むのを止める

しりとりは楽しい前戯もつれ合いカレーライスはスーサイドへと

わたし、いま、すごく、しあわせ。ぶらんこの鎖を離した手は血の匂い

世界史に載らないことに安堵してわたしとあなたの長き放尿

Web ニュースが伝える原野火災から人差し指に炎が移る

ここからは夢になるから目を閉じる　明日の天気は戦争だって

ほら、あれがはさみ座だよとてきとうに言って盗んだ横顔でした

ちんぷの光

花守も花盗人もきみだったわたしの耳をいつまでも舐め

女生徒ら「なんときれい」と連呼して平城京をいくつも興す

光ではちんぷだろうと言われてもここにあるのはちんぷの光

前かごを花で満たしたヤンキーの自転車が行く卒業の日よ

核拡散防止条約そういえばポン酢は家にあっただろうか

鍋してる、みたく言われた「愛してる」だからしんそこ信じています

「ふたりぐらし」口に出したらあっけなく皿に酢醤油混ぜ合わせてる

駆け込み横断

赤飯のおにぎりなんか選んでる　今日という日を乱したくって

缶の底ねばついているドロップの薄荷つまりはわたしとあなた

「いつまでもいっしょに遺体」の変換にそれもいいなとちょっとおもった

おとうとはかつてペニスに付けていたあだ名を忘れて生きる　正しい。

この胸とチャリのチェーンを軋ませて会いたいひとに会いに行くのだ

さんざめく欅並木の真みどりに職を無くせば新しき朝

点滅の青信号の点滅ののちもわたしが人であるよう

解説　生きていくこと

加藤治郎

サブウェイの店長として一生を終える他人がとてもいとしい　「毎日がサタデイ」

レジ打ちの青年ユリ根に戸惑いて何かと思いましたと笑う　同

大会が終われば無職だと聞いて水球選手に親しみが湧く　同

街のなかに自分がいて、いろいろな人がいる。だれかに出会う。言葉を交わす。普通の街のふつうの人々である。

サブウェイというお店がある。パンと野菜が慌ただしくサンドイッチになっていく。くるくる働く人々がいる。そのなかで店長のことを思う。この人はずっと店長なのかな。街角のささやかな店舗を担っている。日々精いっぱいである。いつか、どこか別のお店に行くのだろう。きっとそこでも精いっぱい勤める。パンと野菜の日々である。そうして、いつか勤めを終える日がくるだろう。パンと野菜の日々をまっとうするのである。ささやかな日々を精いっぱい生きる店長が愛しい。他人がこんなに愛しい。

ユリ根を売っているお店を想像する。レジがある。街角にあるスーパーマーケットだ。買い物かごをぶらさげていく感じである。レジに青年がいる。アルバイトなんだろう。なに、この白いの。見たこともない。勤めて間もない青年なんだ。戸惑っている。ユリ根ですよと教えてあげる。何かと思いました。そんなやりとりも日々のなかにある。

水球の選手がいる。大会のとき最も輝く。その後は、会社に出勤する日々だろうか。個人的に聞いてみたのかもしれない。いえ、無職なんです。トレーニングの日々ですよ。そんな言葉を想像する。いや、当面は無職なんだ。仕事を探す日々なのだろう。

冒頭の一連で、他者への共感が歌われた。ささやかな日々を精いっぱい生きている。輝いていた選手は、ささやかな日々にもどってゆく。そんな人々に関わる〈俺〉は、どんな人物か。どちらかというとひきこもるタイプのようだが、心は開かれている。世界の不条理には敏感である。優しさと激しさが同居している。

TPPPAP帰還兵16%PTSD　「帰還兵」

バラ園にバラ石鹼の香の満ちて世界はなんて深い浴槽　「初夏のバラ園」

せんたくき。下から読んでもなにもなく日々とはそんなもの。せんたくき。　「問いと誤字」

きみのこともっとしにたい　青空の青そのものが神さまの誤字　同

「いたみってすごい空港名だよね」それはしずかに発着をする　「Twitter　ここの滑走路は」

被害者へ投げつけられる書き込みの「被害者ぶる」の「ぶる」はなに　犬？　「カフェとレ」

コンビニにおでん始まり死ぬときに死だと自覚ができますように　同

テロ等の〈等〉に僕らは含まれる雨に打たれてキスをしたから　「大阪メトロ回数カード」

TPP、PPAP（ピコ太郎のPen-Pineapple-Apple-Pen）。音が走る。主題は、帰還兵の16％がPTSD（心的外傷後ストレス障害）を患うという事実である。音で強烈に伝える。事実がそれ以上の意味を負ってくる。84％の帰還兵はPTSDを患わず平穏な日々を送っている。いや、平穏ではないだろう。読者の思いは錯綜し、戦場に巻きこまれてゆく。世界の不条理が襲ってくる。怖ろしい力をもった歌だ。ちなみに初出は、二〇一七年三月二〇日の「毎日歌壇」である。新聞歌壇のイメージを一新した歌として今なお鮮烈である。
バラ園にバラ石鹸の香りというのは倒錯している。言葉は止まらない。石鹸が浴槽を導き、世界の深淵を開示している。日常の象徴である洗濯機を下から読んでなにかあるわけではない。巧いレトリックである。「もっと知りたい」を「死にたい」と言ってしまう。そんな錯誤と神の誤りを重ねる。大胆だ。青は誤字だったのである。伊丹と痛みの掛詞。ぶるからブルを導き、犬だと反撃する。おでんの始まりが死に通じることは不可解だが、死を自覚したいという願いは深い。「テロ等準備罪」にキスで反攻する。痛烈である。
レトリックを武器として世界に向かう姿が見えてくる。ささやかな日々を願うやさしさばかりではない。攻撃的とも言える強さがあるのだ。

生きていく　求人サイトの検索に「一人でできる」とまず打ち込んで　「一人でできる」

死ぬまえになにが食べたい？　おにぎりと言おうとしたら海が開けて
「僕はおにぎりが食べたい」

シンプル・イズ・ベストかつ餓死・イズ・シンプル　つまり僕らは天国へ行く　「water」

おとうとの恋を知らない　このばかはスイカの白いとこまで食べて　　同
おとうとを何も知らない　このばかはスイカの赤い先っぽをくれる　　同
おとうとは電話に出られるようになりそれはちいさな存在証明　　同

Ⅱから引いた。家族が歌われている。死と隣り合わせである。生きていくために仕事を探す。それでも「一人でできる」ことが前提なのだ。他者と距離をとる。それは弱さかもしれない。が、それを肯定して生きることは揺るがない。おにぎりの歌は哀しい。問いかけてきたのは神か。意識は薄れてゆく。「おにぎり」と口が動こうとする。その瞬間、開けた海は最期の眩い光景だ。「water」では、働かない自分と弟がいると暗示されている。餓死を思う。弟は無力である。だから愛しい。スイカの白いところまで食べて、美味しい赤いところをくれる。弟は電話に出られない苦しさをようやく乗り越えた。
「欠席」を丸で囲むと消えていく明日のわたしの小さな椅子は
「象ならば象のかたちになるものを」

許されてあなたの腕に眠りたい年金納付猶予の果てに　同

「えんえん」を「えいえん」と言うひとなのでえいえん話すベッドで床で　「愛ある暮らし」

人偏に夢で儚くなるならば添えてあげますこの獣偏　同

他者・世界・家族を歌い、Ⅲでは恋人が歌われている。歌と歌の間に柔らかいものを感じる。〈俺〉は〈わたし〉になった。それでも夢に犭を添えるとは、なんという企てだ。これが西村曜の強さである。

この歌集が多くの人々に届くことを願っている。

二〇一八年六月十七日

あとがき

　これはわたしの第一歌集です。タイトルについて、人間がコンビニに生まれかわってしまうことは、まあまあるとおもうのです。わたしは自分が二十二歳だった二〇一三年の春を思い出します。クセ毛を縮毛矯正し、髪色を黒にし、リクルートスーツを着て、パンプスを履いていました。ただでさえ履きなれないパンプス、すこしでも歩きやすいようにストラップの付いた物を選んだら「ストラップ付きのパンプスを履いていると楽をしたがる人間に見られる」とネットに書いてありました。就活でした。均質な格好をし、均質な言動をし、しかしそこに社会に好ましいたぐいの個性を滲ませなければならない。わたしは疲れ、体調を崩し、すきだった本も読めなくなって、けっきょく就職はできず、それでも何か読みたくて、図書館で笹井宏之さんの歌集『えーえんとくちから』を借りました。短歌はごく短い詩ですので「これなら読めるんじゃないか」とおもって、読み終えてから「これならできるんじゃないか」とおもいました。その勘違いのまま短歌をはじめて、いまに至ります。今年で三年目となりました。

本書には、二〇一五年から二〇一八年の三年間の歌から、三三二首を選び、まとめ、収めました。

監修の加藤治郎さん、書肆侃侃房の田島安江さん、黒木留実さん、未来短歌会の皆さん、うたらば、歌会たかまがはら、うたつかい、うたの日、毎月歌壇、あみものなどで短歌をともにやってきた皆さん、心から感謝しています。

なにより、この歌集を手に取ってくださった方。わたしに気づいてくれて、どうもありがとうございました。

二〇一八年六月二十一日

西村　曜

■著者略歴

西村 曜（にしむら・あきら）

1990年　滋賀県生まれ
2015年　短歌をはじめる
2016年　未来短歌会入会

Twitter：@nsmrakira

「新鋭短歌シリーズ」ホームページ　http://www.shintanka.com/shin-ei/

新鋭短歌シリーズ41

コンビニに生まれかわってしまっても

二〇一八年八月十一日　第一刷発行
二〇二五年二月三日　　第四刷発行

著者　西村 曜
発行者　池田 雪
発行所　株式会社 書肆侃侃房（しょしかんかんぼう）
〒八一〇-〇〇四一
福岡市中央区大名二-八-十八-五〇一
TEL：〇九二-七三五-二八〇二
FAX：〇九二-七三五-二七九二
http://www.kankanbou.com　info@kankanbou.com

監修　加藤治郎
編集　田島安江
装画　あすぱら
装丁・DTP　黒木留実
印刷・製本　シナノ印刷株式会社

ISBN978-4-86385-328-7　C0092